La mujer carmesí

—

Izumi Kyōka

Colección Hilados - 5
Primera edición, noviembre 2024

La mujer carmesí, Izumi Kyōka

© de la presente edición
Satori Ediciones
C/ Domingo Juliana, 16, 33213, Gijón, España
www.satoriediciones.com

Traducción: Susana Hayashi
Cubierta y maquetación: Marco Recuero
Impresión: Gráficas Eujoa

ISBN: 978-84-19035-91-2
Depósito legal: AS 02096-2024

Este libro es puramente la expresión propia de sus autores y no refleja necesariamente la opinión de la entidad que lo publica. Satori Ediciones no se hace responsable de las opiniones expresadas en la presente obra.

Todos los derechos reservados. Cualquier forma de reproducción, distribución, comunicación pública o transformación de esta obra solo puede ser realizada con la autorización de sus titulares, salvo excepción prevista por la ley. Diríjase a CEDRO (Centro Español de Derechos Reprográficos) si necesita fotocopiar o escanear algún fragmento de esta obra.

Impreso en España – Printed in Spain

1

Me avergüenza decir que lo primero que llamó su atención fue el color escarlata del *nagajuban*[1] de crepé japonés de la mujer. Era de un bermellón brillante e irisado, titilante como una llama. No es que se hubiera remangado los bajos del quimono, sino que lo llevaba subido hasta las rodillas y lo sujetaba entre ellas de modo que la tela roja se derramaba suavemente hacia abajo y abrazaba sus tobillos blancos. Su intención era evitar la desagradable humedad del quimono empapado. Los pies inmaculados y desnudos destacaban en el carmesí que los rodeaba. La suela ancha de sus sandalias de madera lacada con tiras color violeta estaba salpicada de barro. Con las puntas de los pies unidas levemente y los muslos ladeados,

1 Quimono interior cuyas únicas partes visibles suelen ser el cuello y el dobladillo.

la mujer permanecía sentada en una esquina de la sala de espera mientras la lluvia seguía cayendo.

En aquella época del año los días eran largos. El reloj ya había marcado las cinco de la tarde y aún no había oscurecido en la sala de espera de la estación del puente Mansei. Los sauces brillaban sutilmente, los cerezos florecían, hoy como ayer... Hacía poco tiempo que la primavera había transformado Tokio con su arte. Insuflada de vida por los tonos verdes y carmesíes y por pálidas neblinas rosadas, la ciudad había sido engullida repentinamente por una lluvia demasiado intensa para la estación. La tierra, la gente, incluso las barcas del río Kanda estaban sombrías y empapadas por el aguacero. No era la flor carmesí del ciruelo, ni tampoco el tono escarlata del melocotonero, sino el inesperado florecimiento del membrillo, que parecía gotear sangre, lo que impresionó a los presentes.

Uno de los que se dieron cuenta sorprendidos de este hecho fue Hata Sokichi, que de este modo se convirtió en el protagonista de esta historia. Cirujano reputado por su habilidad y su inteligencia, había regresado recientemente a Japón tras realizar estudios en el extranjero y trabajaba en el departamento de medicina interna del hospital universitario.

Era un hombre de gustos sencillos al que le resultaban indiferentes las cuestiones de la apariencia. Como su residencia estaba en Shiba no Takanawa, utilizaba esta línea diariamente para ir al hospital. Acostumbraba a ir en tren hasta Ochanomizu y desde allí recorría a pie el trayecto restante hasta el hospital. Pero, tras cinco o seis días de lluvia incesante, los caminos se habían convertido en ríos de fango y los viajeros, ataviados con trajes oscuros y zapatos de cuero, parecían tejones navegando en sus botes de barro, como en la *Leyenda de Kachikachi*[2]. Sokichi Hata no era ninguna excepción, aunque por su piel blanca y su nariz recta guardaba más parecido con el conejo que engañó al tejón. Intimidado por las calles encharcadas, había tomado el tren en la calle Hongo hasta el puente de Mansei, donde, bordeando la estatua de bronce, había pasado por debajo del arco de ladrillo rojo y subido por las escaleras de piedra. Pensaba que con el mínimo recorrido a pie podría conectar con la línea Kobu, que por el centro de la ciudad lo llevaría rápidamente a su destino.

Pero un plan solo es un plan. Era la hora punta y la lluvia empeoraba aún más la situación. Indudablemente estaba preparado para encontrarse con una muchedumbre en la estación del puente de Mansei, pero no con aquella montaña negra de cuerpos bullendo y chocando en las calles, empujándose unos a otros como ávidos espectadores de un incendio o de una inundación. A la

2 Leyenda japonesa que narra la historia de cómo un malvado tejón, que había arrasado la cosecha y matado a la esposa de un campesino, fue engañado y castigado por un conejo. El conejo desafió al tejón a cruzar el río en un barco de construcción propia para comprobar quién era la criatura más lista. El conejo construyó su bote de madera y el tejón, de barro; mientras navegaban, el bote del tejón fue deshaciéndose en el agua hasta que se hundió. El conejo vengó así a su amigo el campesino.

derecha, la gente que esperaba para ir hacia Nakano; y a la izquierda, los que iban a Shinagawa. En ambos andenes se formaban gruesas paredes de cuerpos que se derramaban sobre las vías aquí y allá.

Pronto llegaría el tren. Pero Sokichi sabía que era imposible que todas aquellas personas pudieran subirse de una vez y abandonó la idea de ser él una de ellas. Sacudió el agua de su paraguas y, sosteniéndolo suavemente bajo el brazo, se ajustó rápidamente los guantes de cuero en las muñecas. La sala de espera, una especie de invernadero acristalado sobre el andén, parecía ser la zona menos concurrida, por lo que caminó poco a poco hacia allí. En la sala el ambiente era denso, olía a lluvia y a cuerpos calientes. Anduvo de puntillas, con los zapatos embarrados, sobre el suelo mojado. Entonces vio aquel color inquietante.

Cuando sus ojos se toparon con el carmesí flamígero del quimono interior de la mujer, recordó de inmediato el gran brasero situado en el centro del andén principal. Retiró la mirada y comenzó a caminar hacia la salida. Pero allí en la entrada, de repente, otra vez el color rojo.

2

No había por qué asustarse, solamente se trataba del gorro del mozo de estación. El muchacho estaba apoyado contra un pilar, con los brazos cruzados y rodeado de la oscura montaña humana. Cuando asomaba Sokichi la cara por la puerta, el mozo de ralo bigote echó un vistazo por encima y dijo con el aire hosco:

—No hay corriente eléctrica en el tren de llegada. Fallo mecánico en el de salida.

Hablaba de manera automática, como si eso fuera lo que había planeado decir a todo el que se le acercara. Permaneció con la espalda apoyada en la columna.

—¿Ha dicho que no hay corriente?

—No hay corriente en el tren de llegada. Fallo mecánico en el de salida.

En cuanto terminó de responder, los viajeros se quejaron al unísono.

—¡Oh, no!

—¡Maldita sea!

—Justo lo que necesitábamos.

Una colegiala que viajaba sola encarnó la frustración de aquella muchedumbre cuando, con los hombros hundidos, masculló:

—¿Qué haremos ahora?

Al parecer no todos los pasajeros habían escuchado la mala noticia y las palabras del mozo de estación corrían de boca en boca como un eco monótono. A los pies de la multitud agitada, las vías del ferrocarril, impasibles, se hundían en la penumbra. Parecían peces metálicos en el mar de fango que era la gran ciudad. Emitían sonidos de la orilla del mar. Poco a poco se calmaban y, con un destello de luz desde el fondo, parecían reír fríamente, mostrando sus dientes oscuros y brillantes contra el andén.

Podría cuestionarse la indiferencia del mozo de estación, pero un profesor de universidad recién llegado del extranjero, ataviado con traje de tres piezas y bombín, no podía salir empujando a la muchedumbre como un animal. Debía mantener la calma. Aunque Sokichi no fumaba, decidió refugiarse alrededor del brasero. Mientras caminaba hacia su objetivo, se miraba la punta de los zapatos, pero entonces, de nuevo, sus ojos se encontraron con el carmesí que fluía como una carpa saltarina sobre el suelo de tierra mojado.

En el mismo momento en que él alzó la mirada, la mujer sentada al lado de la dama carmesí se levantó de su asiento. Probablemente viajaban juntas. La mujer que ahora estaba en pie era alta, vestía una media capa Shimada, llevaba el pelo recogido y su rostro era alargado y de rasgos bien definidos. Al verla, Sokichi se sorprendió y dudó.

La mujer le recordaba a la esposa de su primo, con el cual siempre había mantenido una estrecha relación. Bien es cierto que, últimamente, su horario lo mantenía hasta tarde en el trabajo, por lo que no había podido verlo desde hacía tiempo. Pero había asistido a su boda y la semejanza de aquella mujer con la novia de su primo era tal que cualquier otra persona más extrovertida la hubiese saludado. Pero, realmente, no fue el parecido físico lo que lo asustó ni tampoco la sorpresa de encontrársela en aquel lugar. Fue la impertinencia con la que lo trató la mujer. Rehuyó su mirada cuando sus ojos se encontraron, como si fuera un perfecto extraño, y se quedó observando con indiferencia el lejano cielo lluvioso que se veía tras el cristal.

«Seguro que es otra persona», pensó.

No obstante, su figura y constitución, la vestimenta, el desarreglado nacimiento del cabello, la perfecta palidez de su cutis, su enigmática belleza, el bonito peinado y las cintas esmeraldas de su pelo... Aquella elegancia seductora... e incluso la expresión de los ojos al mirar hacia el cielo, todo le recordó a la esposa de su primo. Mientras las demás mujeres simplemente fruncían el ceño, la esposa de su primo tenía la costumbre de arrugar la nariz, tal y como en ese mismo momento hacía la mujer. Obviamente, estaba cansada de esperar el tren y la tormenta la hacía sentirse desolada. Las arrugas formadas alrededor de su boca expresaban su descontento con mudo silencio.

Sí, sin duda era una extraña. Aun convencido de ello, Sokichi todavía tuvo que morderse el saludo que le brotaba de los labios y reprimir el ademán inconsciente de quitarse el sombrero. Avergonzado, se dio la vuelta hacia la ventana y sus ojos se toparon con el bosque del templo. Las copas de los árboles sobresalían entre los tejados de Shitaya y Kanda bañados por la lluvia. La mujer del crepé carmesí también miraba fijamente en la misma dirección.

3

La mujer giró el rostro orgullosa y lentamente hacia un lado, hasta que el blanco maquillaje de su barbilla casi le rozó el pecho.

Sokichi se quedó estupefacto.

La miró otra vez y descubrió en ella trazos de un parecido familiar. La mujer carmesí iba peinada con un sencillo recogido. Sobre sus hombros caídos llevaba un *haori*[3] con el blasón familiar. Una mano delicada asomaba bajo la manga mientras la otra sujetaba con cuidado las asas de un bolso verde claro que descansaba sobre sus rodillas. Era obvio que había superado la treintena hacía tiempo, por lo que el juguete que llevaba en el modesto bolso que sostenía con cariño debía de ser un regalo para un niño. Tanto el calzado como el *nagajuban* carmesí, los pies descubiertos, sin calcetines, el sencillo peinado y el blasón parecían notas de una melodía discordante. El maquillaje era denso y blanco, y se había pintado los labios de carmín rojo, de modo que su boca parecía más grande. Miraba hacia el templo lejano con la espalda recta y la barbilla apuntando a lo alto; parecía una marioneta que hubiera cobrado vida, con sus grandes ojos atentos y la solapa estrecha del quimono resbalando bajo el cuello inmaculado. Más que hermosa era impresionante. Sus cejas eran

3 Prenda de vestir amplia y corta que se pone sobre el quimono.

excepcionalmente deliciosas, delicadas y bien formadas. Sokichi sabía que esas cejas solo podían ser de una mujer.

En realidad, la semejanza no era tan perfecta como la que presentaban la esposa de su primo y la mujer que viajaba con ella. O, quizá, trastocado por el parecido entre estas dos mujeres, el recuerdo de la imagen que guardaba profundamente en su corazón se había vertido sobre la mujer carmesí. Pero esas cejas... Sokichi se sentía como si se hubiera tragado repentinamente la luna creciente y esta resplandeciera en su corazón con una luz plena de dicha.

Osen era su nombre, el nombre de la mujer que había salvado la vida de Sokichi cuando él tenía solo diecisiete años. Sucedió en el mismo lugar hacia el que ahora miraba fijamente la dama carmesí, en el templo de Myojin.

—¡Ay, por qué poco! ¡Con una cuchilla de afeitar!

Incluso ahora, la visión del templo lo llenaba de terror. Las grises nubes de lluvia que se asomaban sobre la arboleda parecían lúgubres ojeras de una máscara cruel. Los tejados de las casas que rodeaban el templo eran como hileras de dientes afilados que se mordían unos a otros. Aquí y allí, dos o tres edificios de ladrillo rojo con tejas de estaño desvencijadas se mostraban al cielo como las encías rojizas de un furioso ogro devorador de hombres. Para quienes solamente veían ante sí las lluvias primaverales, aquel bosquecillo, aquellos árboles, parecían pinceles para las cejas que alguien hubiera colocado en fila. Pero para Sokichi, que repasaba el instante en el que casi había conseguido quitarse la vida, los mismos árboles se le antojaban una barba pavorosa que no crecía hacia el suelo, sino que ascendía violentamente hacia el cielo.

Sí, como el vuelo ligero de los gansos salvajes hacia ese cielo, ¡así eran las cejas de la dama carmesí! Sokichi echó otro vistazo a la mujer, que continuaba embelesada, sin pestañear, mirando fijamente el mismo lugar.

¿Sería Osen?

Su corazón latía con la fuerza de las olas del mar; la estación de tren, como la cubierta de un gran barco atracado en el muelle, apuntaba con la proa hacia el bosque de Myojin, que parecía estar lo bastante cerca como para poder tocarlo con la mano.

—Bajando por aquella dirección. Esa es la cuesta de Myojin. En la casa de la derecha, todo recto hasta el final del callejón.

En la mañana de aquel día fatídico uno de sus compañeros mayores le había afeitado la barba de adolescente y aquella misma noche, en el templo de

Myojin, Sokichi había apoyado la misma cuchilla en su garganta.

Pero, esperen. Vayamos por orden.
Sokichi se había aventurado a ir a Tokio sin plan previo y sin un céntimo en el bolsillo para su educación. Como no tenía a nadie a quien acudir, se unió a una cuadrilla de trabajadores que lo ayudó a huir de la mendicidad y a sobrevivir.

Estas eran gentes que, sumidas en la indolencia y el libertinaje, habían sido olvidadas por el mundo. Había estudiantes de Medicina fracasados, alguno de ellos bien entrado en años, alguno incluso ya casado. También formaban parte de aquel grupo políticos mezquinos, hombres de negocios de la más baja ralea, especuladores y algún otro que aspiraba seriamente a convertirse en policía algún día.

Sokichi vivía en una casa de la cuesta de Myojin con un antiguo estudiante de Medicina medio hambriento llamado Matsuda y con la mujer de este.

Al final de la calle vivía ella, en una casa de mujeres mantenidas desde la cual las vistas a la ciudad eran perfectas. Frente a la vivienda, un sauce y una lámpara de piedra. Su nombre era Osen, el nombre de una mujer tan preciosa como el rocío. ¡La mujer carmesí se la recordaba tanto!

4

Osen vivía apartada del mundo y temía exponerse a los ojos de la gente. Era la amante del amo de la cuadrilla a la que pertenecía Sokichi. Se llamaba Kumazawa y era tan enorme como una estatua. La gente decía que algún día se convertiría en un gran hombre de negocios. Oficialmente se contaba que había rescatado a Osen de un burdel y pagado su deuda, pero en realidad la había persuadido para huir lejos con él, a la colina de Myojin, donde la tenía confinada en secreto.

Ella era, por supuesto, una profesional. Pero Sokichi nunca supo, ni por aquel entonces ni ahora, cuál había sido exactamente su rango. Era simplemente una mujer joven y hermosa, tres o cuatro años mayor que él, ¿o quizá más? Para él era la encantadora Osen.

Había estado lloviendo la noche anterior, al igual que llovía ahora. Pero en aquella mañana de domingo, antes del equinoccio de primavera, las nubes se habían disipado como una flor que se abre. Sokichi estaba en ayunas, aunque ya habían dado las diez. (Tengo que pedirles a los lectores que nunca hayan padecido un hambre intensa que intenten imaginar cómo debía de sentirse el muchacho). No importaba cuánto esperara Sokichi, porque el desayuno tampoco llegaría esa mañana. No había nada para comer.

El joven sabía que la noche anterior se había encargado un servicio a domicilio de *tenpura*[4] con arroz, poco después de la puesta de sol, en la casa de las mantenidas y que a la una de la mañana se había servido otro pedido de tallarines en sopa. Lo sabía porque el delicioso aroma había llegado flotando hasta su almohada. «¡Si voy allí, seguro que habrá algún bocado de sobra...!», pensó. Además, cuando hacía buen tiempo, como esa mañana, estaba incluso más hambriento de lo normal. El estómago famélico rugía desesperado a medida que Sokichi se acercaba a la estrecha calle a ambos lados de la cual se alineaban casas paralelas a los canales. Abrió la puerta enrejada de una de las viviendas. Entonces, de la sombra del sauce al final del callejón surgieron tres hombres. Uno de ellos, ancho de espaldas, llevaba una chaqueta de algodón sucia: era Matsuda, el propietario de una de las casas. Miró a Sokichi de soslayo, y este entró y volvió a salir. Matsuda levantó su dedo meñique.

—¿Qué está haciendo? —preguntó en voz baja.

—Todavía está dormida.

Sin aliciente alguno para incorporarse a un mundo que ya había despertado, la esposa de Matsuda aún dormía envuelta en su manta. Tras escuchar el informe de Sokichi, Matsuda sacó la lengua a modo de burla y se fue en silencio.

4 Mariscos y verduras fritos con un rebozado muy ligero servidos en este caso sobre arroz cocido.

El siguiente en aparecer fue un apuesto monje de lozana cabeza recién afeitada, delgado y pálido. Vestía un *haori* negro con las mangas forradas de rojo sobre su hábito gris. En realidad, era el *haori* de Osen. La noche anterior, cuando el sacerdote había llegado a aquel lugar, iba engalanado respetablemente con la sagrada cinta púrpura, que le caía sobre los hombros como si fuera una nube, y con su rosario de cuentas de cristal en las manos. A pocos pasos del monje, caminaba un hombre de negocios que levantaba el puño en alto, fingiendo dar golpecitos en la cabeza redonda que tenía enfrente. Miró a Sokichi por el rabillo del ojo y sonrió maliciosamente. En medio de la cabeza, una calva reluciente como un plato, una piel oscura, unos ojos hundidos y una boca enorme. Como había abandonado el mundo de la política, se había despojado del quimono con el blasón familiar y ahora vestía una chaqueta de algodón de manga corta y unos pantalones sobre las delgadas espinillas. Lo llamaban Platito debido a su calva.

En fin, los tres hombres habían pasado toda la noche jugando a las cartas y ahora iban camino de los baños públicos.

Sokichi prosiguió en la dirección opuesta y, cuando entró abstraído en la habitación donde vivía Osen, no solo no encontró nada para comer, sino que lo pusieron inmediatamente a trabajar: tuvo que limpiar todo lo que los tres hombres habían dejado tras una larga noche de cartas.

—Disculpe por hacerlo trabajar —dijo Osen mientras sostenía las largas mangas del quimono con una cinta.

Recogió los cojines de terciopelo negro y los retiró, para lo cual pasó al lado del brasero arrastrando los bajos de su quimono de múltiples capas.

—¿Por qué pide perdón? —Rio brevemente un hombre bajito y robusto llamado Amaya—. El chico es nuestro, ¿no?

Este hombre llevaba el cabello largo y desigual, y su barriga era tan grande que parecía un tambor ceñido con el *obi*[5] y un delantal cuidadosamente atado con una cuerda trenzada. También era estudiante de Medicina, pero había suspendido y ahora se preparaba para dedicarse a los negocios. Amaya y Osen entraron en el cuarto anexo, el cual compartían con la amante de Matsuda, una mujer ya bien entrada en años. Sokichi, débil por el hambre, consiguió barrer el suelo y dejarlo todo limpio, aunque tuvo que bregar de vez en cuando con los rugidos de su estómago.

—¡Buen trabajo! ¡Bien hecho! —Amaya dijo feliz—. Por favor, señora.

Se volvió hacia Osen y recogió algunos cojines para devolverlos a su lugar. Para ser un hombre tan corpulento, era sorprendentemente rápido. Hasta hacía unos diez días había estado viviendo en la misma casa que Sokichi en el callejón de las casas adosadas, holgazaneando bajo una

5 Fajín para ceñir el quimono.

colcha de alquiler como si fuera un gusano de la patata. Pero Kumazawa solía viajar a menudo por negocios y por ese motivo había trasladado a Amaya a la casa, para que vigilara a Osen y cuidara de todo en general. Al ser Osen la amante de Kumazawa, se la consideraba de estatus superior y por eso debía recibir una atención especial.

—Ahí. Venga, siéntese —insistió el hombre dando unos golpecitos al cojín que le correspondía a Osen y se dio la vuelta—. Si satisface a Su Alteza.

Sus palabras y su carácter eran ligeros e ingeniosos, pero su cuerpo se movía con torpeza y pesadez. Y no le faltaban motivos, ya que sufría de beriberi. Aunque podía pasarse toda la noche jugando a las cartas, a la mañana siguiente ya no tenía ni fuerzas para ir a los baños públicos.

—No me moleste, por favor. —Osen entró al cuarto contiguo sosteniéndose los bajos de su quimono de seda.

5

Aún era demasiado pronto para la floración de los cerezos. Osen se acomodó al lado del brasero. El débil aroma del sol matutino penetraba en la estancia y la sombra de una rama de membrillo en flor, o quizá de algún otro árbol, proyectaba su silueta sobre las ventanas cubiertas de papel. Sokichi se imaginaba a Kumazawa sentado frente a ella, ataviado con su quimono de Oshima[6] y el *haori* a juego, y con la cadena dorada del reloj de bolsillo colgando de la faltriquera.

—¿Está el amo fuera? —le preguntó a Amaya sin ninguna razón en particular.

No había visto a Kumazawa por ninguna parte ni estaba entre el grupo que había ido a la casa de baños. Desde el fondo del pasillo resonó el eco de una tos estruendosa: alguien se aclaraba la garganta. Al parecer Kumazawa estaba en el baño.

—Aquí estoy.

—¡Vaya! —exclamó la mujer de Matsuda riendo de camino al cuarto adyacente a la cocina.

Osen inclinó la cabeza y sonrió.

—No resulta muy atractivo que digamos, ¿verdad?

—Pero esto es lo que ha conseguido —dijo Amaya golpeando su delantal—. Así es como usted cayó en sus manos.

—¡Qué cruel es usted! Ahora ha ido demasiado lejos.

Incluso el joven Sokichi supo que Amaya había dicho algo malo, probablemente una obscenidad.

—Lo siento. He sido descortés. —Amaya realizó varias reverencias para enfatizar su disculpa y continuó—: Y, para mostrarle mi sinceridad, permítame retocar un poco su cara. Como ya le dije anoche, aunque

6 Tela realizada en la isla de Oshima, al sur de Kyūshū, empleando una seda de alta calidad y siguiendo una técnica de tejido muy compleja.

no sea el mejor, aún puedo pasar por un criado eficiente. Confíe en mí.

Se giró hacia Sokichi y le ordenó:

—¡Tú, búscame una cuchilla!

Sokichi comprendió enseguida el porqué de aquella orden. Aunque Osen se escabullía en secreto para ir a la casa de baños, no podía visitar a un peluquero ni tampoco se le permitía llamar a alguien para que le retocase el cabello. El joven obedeció, pidió prestada una cuchilla a la amante del propietario y se la llevó a Amaya.

—Pero ¿dónde has dejado la palangana? ¡Usa la cabeza, chico!

Sokichi dedujo que Amaya y Osen habían comenzado una conversación durante su corta ausencia.

—Supongo que primero querrá comprobar mi habilidad en alguna otra persona antes de ponerse en mis manos —dijo Amaya.

—Dudo que eso sea necesario.

—No se preocupe. Si cometo algún fallo, ¡qué más da! Es solo un chico. Mire. Además, necesita un arreglo en esa pelusilla que le rodea la boca.

Sokichi estaba indefenso.

—Mira para arriba, para arriba. ¿Qué tal? Buen trabajo, ¿no cree?

Osen miró angustiada la mano de Amaya. Su cara se movía como un velo de seda fina tras una nube de vapor, titilando en el rabillo del ojo de Sokichi.

—Mire, así. Un poco aquí y un poco acá.

—¡Pare! ¡Qué peligro!

Osen estaba arrodillada y la ansiedad le impedía levantarse. Agitó los brazos y el movimiento de las mangas elevó su fragancia hasta la nariz de Sokichi.

—No pasa nada. Mire, así.

—Se las va a afeitar, ¡pare!

—¿El qué? ¿Las cejas? —La cuchilla se detuvo un instante, pero luego continuó—. ¿A quién le importa? Escuche, yo le afeitaré la nuca a usted. ¿Por qué se preocupa por las cejas del chico?

Desde el retrete llegó el sonido de un bostezo grande y claro como una alarma.

—Ahora no podemos reírnos.

—¿Por qué no? —dijo Amaya—. ¿Por qué no reírnos? ¿Por qué no llorar? ¿A quién le importan las cejas del chico?

—¡No! ¡No! ¡No!

Osen se apoyó en una rodilla y acudió al lado del muchacho. El crujir de las telas de su quimono resonó en el corazón de Sokichi como el murmullo remoto de un pájaro angelical volando hacia él. Osen se convirtió en una sirena que emergía de entre las olas de las esteras de tatami.

—Pero ¿es que a usted no le importa la madre de este muchacho?

Su brazo, más blanco que la nieve, detuvo la mano con la que Amaya sostenía la cuchilla. El hombre apartó la cuchilla, la llevó a su propio pecho y se quedó mirando a Osen un instante.

—¡Qué envidia! Usted tiene unas cejas preciosas —dijo ella mirando a Sokichi—. Seguramente sus padres lo quieren mucho.

Sokichi podía adivinar a través del inmaculado pecho de Osen la pureza de su bondad y de sus anhelos. Pero los dibujos y el color de su ropa y, sobre todo, la negrura del cabello ensombrecían sus ojos. La manga de la mujer le rozaba el hombro. Sokichi presionó su cara contra el cuello del quimono de Osen y comenzó a llorar desconsoladamente.

—¿Está bien afilada? —gritó la amante de Matsuda desde el cuarto contiguo—. Iba a enviarla a la barbería.

Ese mismo día, al caer la noche, Sokichi se ofreció para llevar la cuchilla al barbero, se la guardó y salió de casa. Había decidido suicidarse.

En cuanto a los detalles...

6

Los tres miembros de la cuadrilla volvieron de su baño matutino y se sentaron para continuar con su partida de cartas. Esta vez se les sumó Kumazawa, que finalmente había salido del retrete. Decidieron pedir *sushi*[7] y tofu cocido para desayunar, junto con una copita de sake.

7 Lonchas de pescado crudo sobre arroz cocido con un aliñado especial.

Amaya sugirió que acompañaran el té con unas galletas de arroz de Soma, que servían como especialidad de la casa. Se trataba de unas pastas saladas, asadas con una capa de soja y marcadas con el dibujo de un caballo. La tienda donde se elaboraban estaba en un callejón de Miyamoto-cho, justo bajando por el empinado tramo de escalones situado en la parte inferior de la cuesta de Myojin. Amaya propuso invitar también a Osen. Por desgracia para Sokichi, era a él a quien le tocaba hacer los recados. Y esto fue precisamente el desencadenante de lo que ocurrió después.

¡Ay, el apetito de un adolescente de diecisiete años! Cualquiera a su edad comería glotonamente tres veces al día, pero para el pobre chico eso era un sueño imposible, y recordemos que estaba en ayunas. Las punzadas de su estómago eran cada vez más intensas. El dolor era tan profundo como el de un cuerpo que se precipita por un acantilado escarpado y cae al abismo. *Tenpura*, fideos, patatas dulces asadas..., habría sido capaz de soportar cualquier olor delicioso, pero el aroma de las galletas marrones especialidad de Soma hacía que las manos de Sokichi temblaran de deseo. Estaba hambriento. Ignorar semejante fragancia era una tortura penosa. Gotas de sudor frío comenzaron a resbalarle por la espalda.

En aquellos tiempos, con siete sen[8] podía uno comprarse un montón de galletas. La bolsa era grande y

8 Un sen es un céntimo de yen.

Sokichi cogió solo dos obleas redondas como monedas de plata. Después de hacer una pausa en las escaleras, volvió a empezar la cuesta. El camino que llevaba colina arriba era tan empinado que casi parecía una pared. Oculto tras un fino manto de hojas de *ginkgo*[9] y bajo la mirada de las lejanas ramas de los abetos, sin sombra alguna en la que escudarse, Sokichi probó el fruto prohibido por primera vez en su vida, allí frente la zanja del alcantarillado. Dio un bocado como si fuera un caballo que pastara con impaciencia por llenarse la boca. Un mordisco justo en el hocico del caballo que decoraba la galleta. ¡Increíblemente deliciosa! De inmediato el exquisito sabor, pero también la angustia y la vergüenza, lo abrumaron. Se le heló el corazón, y sintió que se le caía del pecho y se hacía añicos en la cuneta, igual que las galletas se hacían migas en el estómago.

El dolor era inmenso, como si se hubiera golpeado la frente con el saliente de una fachada para luego girarse y clavarse una punta afilada en el ojo. Enrojeció de rabia. La sangre le hervía a borbotones abrasando su cuerpo. Sintió que se transformaba en una serpiente y que se arrastraba, culpable y zigzagueante, por los escalones empedrados, como Oshichi cuando, enloquecida de amor

9 Árbol ornamental de gran altura, originario de China, cuyas hojas, en forma de abanico, se usan en medicina.

y acorralada, subía la escalera para ver arder la ciudad[10]. Los rayos de sol, rojos como la sangre, le abrasaban los ojos y se derramaban a lo largo de la escalinata.

En el templo de Myojin, Sokichi se purificó con el agua sagrada de la pileta. Unos escalofríos pavorosos recorrieron todo su cuerpo como si se hubiera quedado atrapado en el hielo.

—Ja, ja, ja.

Los hombres seguían sentados jugando a las cartas y riéndose a carcajadas. Sokichi intuyó el peligro nada más entrar en la habitación. La culpabilidad ruborizó su rostro mientras entregaba a Amaya la bolsa de galletas.

—¡Hombre! ¡Ya ha llegado! Pruébelas. —Amaya dio la vuelta a una carta y la puso junto a otra. A continuación le entregó la bolsa a Osen, que parecía cansada y no se había unido al juego—. Tome. Dígame qué le parecen.

Osen, sentada al otro lado del brasero, puso la bolsa sobre sus rodillas y miró en su interior.

—¡Menudo manjar! Las probaré para saber si están envenenadas —dijo inocentemente.

¡Cómo le dolieron esas palabras a Sokichi! Pero, si solo hubiese sido eso, esta historia simplemente habría terminado aquí. Aún había más.

—Ja, ja, ja.

10 Yaoya Oshichi era una joven que se enamoró perdidamente de un paje del templo Shōsen-in durante el Gran Incendio de Tenna ocurrido en Edo el 5 de febrero de 1681. Al año siguiente provocó un incendio creyendo que así volvería a ver al paje. Fue detenida y condenada a arder en la hoguera por su crimen.

Desde que había entrado en la sala, Sokichi no había dejado de percibir el sonido de una risa sorda. Para apartar la vista de la galleta que Osen había cogido de la bolsa, el muchacho se hizo a un lado y, entonces, chocó con Heishiro, el Platito. En la cara romboidal de gordas mejillas, unos ojos hundidos y estrechos lo miraron fijamente. Platito rio y arrugó la nariz.

—Je, je.

Platito había tenido una mala mano y se había quedado fuera de la partida. Con la pipa plateada en la mano, levantó una rodilla, apoyó la mejilla en ella y empezó a reír incontrolablemente.

7

—¡Toma esto!

El casero dio la vuelta a la carta y el monje agitó las mangas rojas al poner la suya boca arriba.

—¡Maldita sea!

Las carcajadas de Platito se hicieron más escandalosas. Kumazawa alcanzó la copa de sake mientras miraba fijamente el revoltijo de naipes decorados con tréboles, camelias, lirios y peonías que descansaban sobre el futón.

—¿Qué pasa contigo? —bramó fulminando a Platito con la mirada mientras este continuaba riendo enloquecido y rojo como una guindilla—. ¡Idiota!

Kumazawa se relamió los labios y sostuvo la copa de sake en lo alto. Osen se acercó con el sake que había estado calentando en la caldera de cobre y se detuvo un instante.

—¿Qué pasa? —preguntó.

—Lo siento —balbuceó Platito entre risas—. ¡Ay, no puedo parar!

Platito seguía.

—Parece poseído —masculló Amaya con repugnancia.

Todos estaban callados, pero el silencio no hacía más que intensificar las carcajadas.

—Ja, ja, ¡ay!, je, je, ji, ji, ja.

Platito cayó de lado, de forma que se clavó en las costillas la pipa plateada y curva como el cuello de un cisne. Retorciéndose sobre el tatami, añadió:

—¡Socorro! ¡Ja, ja! ¡Que me ahogo! ¡Ji, ji! ¡Menuda angustia! ¡No puedo más! Ja, ja, ja...

Se revolcaba con la cara roja y los ojos inyectados en sangre cuando tropezó con una taza de té frío. Entre respiro y respiro dio un sorbo, pero se atragantó. Se fijó en el cubo de las cenizas, pero ya era demasiado tarde y no se pudo contener: volvió a toser y se formó una nube de cenizas.

El monje apuntó en la dirección de la pared y ordenó:

—Muchacho, abre la ventana.

Sokichi saltó como un resorte y deslizó el *fusuma*[11]. Rápidamente la ventisca de ceniza se escapó hacia el cielo azul y desapareció sobre el océano de Shinagawa. Desde la ventana, Sokichi pudo ver las chimeneas del distrito de Kuramae y el pabellón Ryōun, con sus doce pisos, en Asakusa, al norte[12]. Más abajo había un acantilado, con su avalancha de rocas, y todavía más allá del racimo de tejados se vislumbraban las puertas de papel aceitado del comercio donde había comprado las galletas. La pequeña tienda era claramente visible iluminada por un claro rayo de sol.

También podía ver, hendida en un hueco profundo y oscuro, la escalera de piedra por la que había subido y que se retorcía bruscamente por la colina de Myojin como un enorme ciempiés. Rechinaba sus dientes en el callejón, se arrastraba por la cuneta corriendo parejo al negro alcantarillado como una línea fea, retorcida y sucia cuya lengua lamía un mendrugo de pan. De repente Sokichi se puso pálido. Supo en ese momento que alguien lo había visto comer las galletas. Platito se limpiaba la baba que le había caído en la rodilla con un pañuelo. ¡Él lo había visto todo desde la ventana! Dejó escapar un suspiro alto y claro, y el eco de su malvada risa retumbó en los oídos de Sokichi.

11 Puerta corredera de papel.

12 Conocido como Ryōunkaku, o «torre que sobrepasa las nubes», fue el primer rascacielos de estilo occidental de Japón. Fue construido en 1890 y demolido tras el Gran Terremoto de Kanto en 1923.

—Sokichi —preguntó Osen—, ¿no va usted a comer una galleta?

Si el acantilado que tenía ante sus ojos hubiese estado tan afilado como una espada, Sokichi habría saltado por la ventana en aquel mismo momento. La voz de Osen todavía sonaba en sus oídos. La vergüenza era tan insoportable que quería estallar en pedazos. ¿No había sido ella quien había protegido sus cejas de la cuchilla de Amaya? ¿No era ella la persona que había hecho que anhelara a la mujer que le había dado la vida?

—Yo... tengo algo que hacer en casa —consiguió decir.

Con «casa» se refería a la casa adosada del callejón.

Sin embargo, Sokichi pasó de largo por el callejón intentando no ser visto y siguió hasta el templo de Myojin, donde también se ocultó de las miradas olvidándose incluso del hambre atroz. Y lloró y lloró por las esquinas hasta que las estrellas empezaron a brillar en el cielo medio nublado.

Esa misma noche le dijo a la mujer de Matsuda:

—Puedo llevar la cuchilla de afeitar a la barbería, si a usted le parece bien. Pasaré por ahí de todos modos.

Sokichi evitó a propósito la puerta principal. Se escabulló por las habitaciones de las señoras hasta la cocina y cogió la cuchilla de afeitar de Matsuda. El muchacho sentía la presencia de Osen en el cuarto de al lado e incluso olía la fragancia de su perfume. Pero ella no salió a su encuentro. Desde el callejón, Sokichi podía ver las siluetas de Kumazawa, del monje y de Platito moviéndose bajo la luz roja del farolillo de papel de la casa. Sus voces apenas eran audibles. Afortunadamente, nadie lo oyó a él ni tampoco lo vieron marchar.

8

—¿Qué haces? ¿Qué crees que estás haciendo? No es ninguna broma.

Un pájaro maravilloso con rostro de mujer hermosa había descendido de los árboles. Él estaba apoyado contra el tronco de un *ginkgo* que, a su vez, servía de poste para uno de los puestos de té, ya vacíos, detrás del templo principal. Cuando acercó la cuchilla a su garganta para hundirla en la carne, apareció Osen. Se la arrebató de la mano. Todo parecía un sueño.

—¡Vaya, qué bien que he llegado a tiempo! —Osen se dio la vuelta y rezó ante el templo mientras aún agarraba el brazo de Sokichi—. Tuve una premonición. Te oí decir en la cocina que... que ibas a llevar la cuchilla... ¡Me dio un vuelco el corazón! Te llamé... Hata-san, Hata-san... Pero tú ya no estabas. Tenía el presentimiento de que ibas a hacer alguna tontería. Y salí enseguida detrás de ti. No sabía dónde buscar y no te veía por ningún lado. Pasé por la barbería cerca del pórtico, pero me dijeron que no te habían visto. «¡Demasiado tarde!», pensé. Estaba abrumada, pero le doy gracias a los dioses y a Buda por haberme guiado hasta aquí. Hata-san, no he sido yo quien te ha salvado. Los espíritus de tus padres velan por ti. ¿Lo entiendes?

Como un niño, Sokichi se enterró en la suavidad del pecho de Osen y la rodeó con sus brazos firmemente, acariciando el *obi* que envolvía su cintura.

—Mira la luna —dijo ella—. El Buda[13].

Jamás olvidaría ese momento. La media luna parecía descender de una nube negra derramando su luz brillante sobre las altas copas de los *ginkgo* y mostrándose tan dulce como el contorno del pecho de su madre muerta.

—El futuro te pertenece... —continuó Osen—. Hombre o mujer, estás en la primavera de tu vida. ¿Por qué has querido suicidarte?... A no ser que... me da vergüenza pensarlo... a no ser que sea debido a mí. —Sokichi sentía que el pecho de ella temblaba contra el suyo—. ¿Por qué acabar con tu vida solo porque hayan dicho que te has comido una de esas galletas? Eso no importa. Tú sabes que yo siempre... —Se detuvo un instante y continuó—: De todos modos ven a mi casa. No hay nadie esta noche.

Ella se calzó las *geta*[14]. El quimono interior carmesí danzaba sobre la piel inmaculada de sus piernas. Osen

13 Una de las formas de referirse a Buda es *nono-sama*, luna creciente.

14 Chanclas tradicionales japonesas hechas de madera.

parecía agitada y, sin preocuparse por el calzado de Sokichi, tiró del brazo del muchacho para huir lo más lejos posible, intentado escapar sin aliento del horror.

A la salida del templo, sacó agua con el cacillo de madera de la pila sagrada y mojó con unas gotas el cabello de Sokichi. ¿Intentaba espantar a los espíritus malignos? ¿O acaso era al dios de la muerte lo que ella temía?

—Salud. Longevidad. Conocimiento. Que nuestros deseos sean concedidos. —Cerró los ojos llenos de lágrimas, juntó las manos mojadas e hizo una reverencia hacia el altar. Un rayo de luna resaltó la blancura de su cuello—. Ahora bebe y cálmate. Yo también beberé. —Y lentamente se llevó el cazo a la boca—. Mira, estoy temblando.

Sokichi ya lo había notado.

—Hata-san, ya no vamos a volver a este sitio. Tú nunca debes volver aquí. Yo he arriesgado mi vida por ti. Es más, acabo de pedir al dios del templo que nos perdone. ¿Sabes por qué? Esa agua que te he echado en la cabeza también te la eché el primer día que llegamos a la casa... Podría afeitarte el pelo como un bonzo con esta cuchilla y entonces podríamos dormir juntos. De todas maneras, ese monje de Kishu iba a hacerme el amor esta noche. Era todo idea de Kumazawa y de Amaya. Iban a interrumpirnos durante el acto para chantajear al monje. Me convencieron para seguir su plan. Ya sabes que el monje había traído objetos valiosos del monte Koya para venderlos aquí en Tokio. Pero Kumazawa lo engañó.

Le dijo que él los vendería en su nombre a algún hombre de negocios pudiente. Pero, en realidad, lo empeñó todo y se gastó el dinero. Cuando tuvo que restituirlo, ideó esta trampa, pues se había fijado en cómo me miraba el monje. Sokichi, yo no soy una persona fuerte. Me he mezclado con esta gente porque dependo de la fuerza de Kumazawa. Pero, después de oír sus planes... y de ver tus cejas —Osen acarició suavemente los hombros de Sokichi—, odio a Kumazawa. ¡Imagínatelo entrando a empujones mientras estoy con el monje! Decidí que iba a dormir contigo en lugar de con el otro. Entonces, cuando él entrara, me incorporaría y le diría exactamente lo que pienso. Le daríamos la satisfacción de ver cómo nos fugábamos juntos en mitad de la noche. Pero luego pensé que esos hombres podrían hacerte daño y entonces... ¡sería demasiado horrible! No voy a seguir adelante con mi plan. ¡No! Vámonos, Sokichi. ¡Vayámonos ahora! ¡Déjalo todo por mí! No puedes volver con ellos.

Cuando descendieron las escaleras de piedra y llegaron a la parte inferior de la colina, Sokichi sintió como si hubiera atravesado un paso frecuentado por lobos para ver ahora que un valle de promesas se abría ante él.

—Este es el lugar, ¿verdad?

Osen sonrió y sacó el monedero para comprar unas galletas de arroz. Parecía barato, pero tenía el color de la primavera.

—Caminemos mientras las comemos —dijo ella—. No temas.

En el oscuro callejón que llevaba a la calle principal, Osen lo alimentó con galletas de arroz de su propia boca —pedacitos dulces y fragantes desmigados por sus dientes blancos—.

9

Cuando volvía de la escuela nocturna por las calles traseras de Okachimachi a la paupérrima pensión situada entre el almacén de reciclaje de botellas y la tienda de trapos, Sokichi casi tropezó con un hombre que salía por la puerta principal.

Osen deslizó las puertas y le dio la bienvenida a su apartamento de una sola habitación. Su futón todavía estaba tendido en el suelo. Osen añadió carbón al brasero colocado junto a su almohada. Mientras avivaba las brasas, abanicándolas con papel de seda, le preparó unas tortas de arroz asadas en una pequeña rejilla sobre el brasero. Cuando las tortas se hicieron, Sokichi, feliz, las enfrió soplando mientras ella le contaba la historia de Urasato[15].

Osen era aún más hermosa que aquella heroína. Y, aunque la nieve no caía como en la historia, las flores

15 Yamanaya Urasato es la cortesana protagonista de la obra de kabuki *Akegarasu hana no nureginu*, enamorada de Tokijiro, a quien tiene prohibido ver. Una noche de nieve sale al jardín para encontrarse con él y es sorprendida por el propietario del burdel, que la golpea. Finalmente, Tokijiro las rescata a ella y a Midori, la hija de ambos.

de cerezo acumuladas en las húmedas esquinas de su pequeño jardín posterior eran aún más desgarradoras.

¡Y allí, detrás de la valla posterior! ¿Era Tokijiro, el amante de Urasato, que venía a rescatarla con una cinta atada alrededor de la cabeza?

Osen se puso en pie de un salto e intentó cerrar las puertas de atrás. Pero en ese instante el hombre saltó la valla y corrió al *engawa*[16]. Por la manga de su quimono asomaba una soga como la cabeza de una serpiente.

—Lo siento, pero está usted arrestada.

Las rodillas de Osen flaquearon, pero protegió a Sokichi con su cuerpo.

—¿Qué pasa con él?

—El chico no es cosa mía. Venga enseguida.

—So-chan, para tu desayuno de mañana... compré algunas alubias. Están en el cuenco cubierto. Puedes comerlas con el jengibre encurtido.

El policía, sandalias en mano, ya había deslizado las puertas correderas. Mientras Osen buscaba su calzado, él ya había abierto la puerta principal por dentro y, tan pronto como estuvieron en la calle, le ató rápidamente las manos a Osen. Su cintura delgada desapareció repentinamente bajo la cuerda y sus hombros inclinados flotaron frente a los sauces oscuros.

16 Corredor exterior de madera que da acceso a las distintas estancias de la casa. Suele discurrir paralelo al jardín.

A Osen ya no le quedaba nada. Hacía mucho que había empeñado su *haori* y su *nagajuban*. Ahora su piel blanca solo la cubría una fina capa de seda.

Sokichi, descalzo, la siguió llorando, sus ojos y su corazón sumidos en la oscuridad. Lugares sin identificar. Una ráfaga de viento dispersó los pétalos de las flores de cerezo bajo la luz de una farola.

—Por favor, señor... —Osen se detuvo repentinamente—. So-chan —dijo de espaldas.

Sin ni siquiera mirar atrás, Osen bajó la cabeza un instante, pero de repente dio media vuelta y Sokichi pudo verle el rostro... y las cejas. El muchacho enmudeció.

—So-chan. Te doy mi espíritu.

En la palma de su mano apareció una grulla hecha de papel de seda blanco. La había plegado mientras rezaba.

—Ve adondequiera que ella vaya. —Y con estas palabras Osen sopló y exhaló su cálido aliento sobre el pájaro, que pareció cobrar vida. Con las sutiles marcas rojas de sus labios en el cuerpo pálido de la grulla, el pájaro voló entre los pétalos flotantes, danzando en el aire.

La grulla cayó frente a una puerta.

Más tarde, en aquella casa, admitirían a Sokichi.

Los trenes de ambas direcciones entraron al mismo tiempo en la estación.

Sokichi se quedó inmóvil.

Mientras continuaba con la mirada perdida, la mujer que se parecía a la esposa de su primo se acercó rápidamente a la mujer carmesí y le colocó la capa que se le había caído de los hombros.

—Venga, ya ha llegado.

—¿Mi taxi? —preguntó la mujer carmesí mirando fijamente a la lejanía.

10

—¿Y ustedes? —preguntó un joven empleado de la estación.

El ir y venir de los siguientes tres o cuatro trenes había conseguido dispersar a la multitud, llevándose consigo el barro de los andenes. Pero Sokichi y las dos mujeres aún permanecían en la sala de espera. El mozo sospechó que sucedía algo.

—Es que esta mujer está enferma —dijo Sokichi, ofreciendo su brazo a la mujer carmesí, que lo miraba con los ojos en blanco.

Tras la marcha del empleado de estación, Sokichi observó a las dos mujeres de reojo e intercambió unas miradas con la acompañante.

—Déjeme llamar un taxi. ¿No podríamos ir a Sugamo? Quisiera examinarla yo mismo. Mi nombre es Hata y soy médico.

Cuando una mujer de pelo corto que también estaba en la sala vio el nombre de Hata Sokichi escrito en la tarjeta de presentación, se enderezó como un palo y luego hizo una profunda reverencia. Se ofreció a ayudar. Sokichi pensó que la mujer que se asemejaba tanto a la esposa de su primo era digna de confianza. Entonces supo por ella que la mujer carmesí había sido prostituta en un burdel de Shinagawa y que había perdido el juicio. Ahora la llevaban al hospital de Sugamo. Ella insistía en ir en taxi y se negaba a subir a cada tren que llegaba. La mujer del peinado *marumage*[17] era, al parecer, la hija del propietario del burdel. Su ayudante, la mujer de pelo más corto, permaneció mirando con el semblante hosco a la mujer trastornada cuyo nombre no era otro que Osen.

* * *

Sorprendidos por el regreso inesperado del doctor al hospital, los ayudantes y las enfermeras de batas inmaculadas se reunieron rápida y silenciosamente. El doctor Hata Sokichi rehusó tranquilamente los ofrecimientos de ayuda.

—Vengo en visita privada. Por favor, que todo el mundo continúe con lo que estaba haciendo.

Poco después el doctor entró en la sala especial en la que una desequilibrada y desaliñada Osen esperaba sola. Arrodillándose al lado de la cama, le colocó una cuchilla

17 Recogido característico que solían llevar las mujeres casadas.

de afeitar en las manos y hundió la cabeza en su pecho. La abrazó. Llorando desconsoladamente y sonriendo al mismo tiempo, como un demente, se olvidó del mundo que los rodeaba. Las lágrimas mojaron su barba.